吟遊詩人ビードルの物語

ハリー・ポッター　シリーズ

ハリー・ポッターと賢者の石
ハリー・ポッターと秘密の部屋
ハリー・ポッターとアズカバンの囚人
ハリー・ポッターと炎のゴブレット
ハリー・ポッターと不死鳥の騎士団
ハリー・ポッターと謎のプリンス
ハリー・ポッターと死の秘宝

イラスト版　ジム・ケイ＝絵

ハリー・ポッターと賢者の石
ハリー・ポッターと秘密の部屋

ホグワーツ・ライブラリー

幻の動物とその生息地
（コミック・リリーフとルーモスを支援）
クィディッチ今昔
（コミック・リリーフとルーモスを支援）
吟遊詩人ビードルの物語
（ルーモスを支援）

J.K.ローリング

吟遊詩人
ビードルの物語

原語の古代ルーン語からの翻訳

ハーマイオニー・グレンジャー

物語に寄せて

アルバス・ダンブルドア

Original Title: The Tales of Beedle the Bard

First published in Great Britain in 2008 by Lumos (formerly the Children's High Level Group),
Gredley House, 1–11 Broadway, London E15 4BQ,
in association with Bloomsbury Publishing Plc
50 Bedford Square, London WC1B 3DP

Bloomsbury is a registered trademark of Bloomsbury Publishing Plc

This edition published in 2017

Text copyright © J.K. Rowling 2007/2008
Cover illustrations by Jonny Duddle copyright © Bloomsbury Publishing Plc 2017
Interior illustrations by Tomislav Tomic copyright © Bloomsbury Publishing Plc 2017

Lumos and the Lumos logo and associated logos
are trademarks of the Lumos Foundation

Lumos is the operating name of Lumos Foundation (formerly the Children's High Level Group).
It is a company limited by guarantee registered in England and Wales, number: 5611912.
Registered charity number: 1112575

The moral rights of the author and illustrators have been asserted

Harry Potter characters, names and related indicia are
trademarks of and © Warner Bros. Entertainment Inc.
All rights reserved

All rights reserved
No part of this publication may be reproduced or transmitted by any means, electronic,
mechanical, photocopying or otherwise, without the prior permission of the publisher

www.wearelumos.org
www.pottermore.com
www.bloomsbury.com

物語を始める前に　7

1
魔法使いとポンポン跳ぶポット　15

2
豊かな幸運の泉　39

3
毛だらけ心臓の魔法戦士　67

4
バビティうさちゃんとペチャクチャ切り株　89

5
三人兄弟の物語　117

メッセージ　145

物語を始める前に

Introduction

『吟遊詩人ビードルの物語』は、魔法界の子供たちのために書かれたおとぎ草子です。寝る前に読んで聞かせる物語として昔から親しまれてきたもので、ホグワーツ校の多くの生徒たちにとって「魔法使いとポンポン跳ぶポット」や「豊かな幸運の泉」は、マグル（非魔法族）の子供たちにとっての「シンデレラ」や「眠り姫」と同じくらいによく知られている物語です。

「ビードルの物語」には、私たちマグル界のおとぎ話と似かよった点が多く見受けられます。たとえば、よいことをすれば報われ、悪いことをすれば罰が当たるという点です。しかし、ひとつだけ大きくちがうところがあります。それは、マグルのおとぎ話の多くでは、魔法が主人公を苦しめる根本的な原因になることが多い、ということです——悪い魔女が毒リンゴを与える、お姫様を百年の眠りに落とす、王子様を醜い獣に変えてしまう、などがそれです。一方『吟遊詩人ビードルの物語』でも、主人公自身が魔法を使えるにもかかわらず、問題の解決に苦労するという点はマグルの場合

と同じです。

「ビードルの物語」は、何世代にもわたって魔法族の親たちが子供に、魔法は、問題を解決するだけでなく引き起こしもするものなのだ、という人生の苦い事実を教えるのに役立ってきました。

魔法界とマグル界の寓話には、もうひとつ、はっきりしたちがいがあります。「ビードルの物語」に出てくる魔女たちが、マグルのおとぎ話のヒロインよりもずっと積極的に幸福を求めるという点です。アシャ、アルシーダ、アマータ、バビティうさちゃんなどの魔女たちは、全員が、自分の運命は自分自身で切り開こうとします。長々と眠り続けたり、誰かが靴の片方を探してきてくれるまで待ったりはしません。ただし、ひとりだけ例外があります——「毛だらけ心臓の魔法戦士」に出てくる、名も知らぬ乙女は、もう少し、私たちの考えるおとぎ話のお姫様のイメージに近い振る舞いをします。そして、このお話だけは、「めでたし、めでたし」では終わりません。

吟遊詩人ビードルは十五世紀の魔法使いですが、その生涯のほとんどは謎に包まれています。ヨークシャー生まれだということ、また、たったひとつ残っている木版画から、並はずれて豊かなあごひげをたくわえていたことだけがわかっています。物語が作者の考え方をそのまま反映しているとすれば、ビードルはマグルのことを、悪ではなく無知なものとみなしていたようで、そんなマグルにむしろ好意を抱いていたと思われます。一方、闇の魔術には不信感を持ち、そのような行きすぎた魔法行為は、残忍さ、無関心、または傲慢さによる能力の濫用といった、過度にマグル的特徴に根ざしていると考えていました。

「ビードルの物語」に登場するヒーローやヒロインは、誰よりも強い魔力によって勝利を得る英雄ではなく、むしろほかの人よりもやさしく、より常識があり、創意工夫の力を発揮する人たちです。

近世の魔法使いの中で、ビードルにとても近い考えを持つ人と言えば、アルバス・

パーシバル・ウルフリック・ブライアン・ダンブルドア教授その人です（勲一等マーリン勲章、ホグワーツ魔法魔術学校校長、国際魔法使い連盟議長、ウィゼンガモット主席魔法戦士）。そもそも見解が類似しているとは言え、ホグワーツ校の古文書館に遺贈された多くの論文の中に、『吟遊詩人ビードルの物語』に関する一連のメモ書きが発見されたのは驚くべきことでした。これらが、自己満足のために書かれたものか、将来出版するための論評だったのかは、もはや知るすべもありません。

今回、現校長であるミネルバ・マクゴナガル教授からご親切にも許可をいただきましたので、ハーマイオニー・グレンジャーの新訳とともに、ダンブルドア教授のメモを加えて出版できることになりました。魔法史に関する所見、個人的な思い出、個々の物語の鍵となる啓蒙的な情報などをふくむダンブルドア教授の見識あるメモが、『吟遊詩人ビードルの物語』を深く味わうために、魔法界とマグル界とを問わず、若い世代の読者の役に立つことを望みます。

このプロジェクトの版権料が全額、「ルーモス」（苦しい環境に置かれ、声を上げる

必要に迫られた子供たちのために尽力しているグループです）に寄付されることから、ダンブルドア教授が今回のプロジェクトを喜んで支援するであろうことは、教授を個人的に知る者であれば誰もが信じて疑いません。

ダンブルドア教授のメモについて、もう一言だけ書き添えなければなりません。このメモは、ホグワーツの天文台の塔の上で起こった、あの惨事からさかのぼること一年半ほど前に書き上げられた、と考えられます。魔法界の近年の戦いの歴史にくわしい方であれば（たとえば「ハリー・ポッター」のシリーズを全巻お読みになった方は）、本書の最後の一篇に関しては、教授が自分の知る――または推量する――すべてを書き表してはいないということに気づかれるでしょう。伏せた理由は、おそらく、ダンブルドアが何年も前に、自分のお気に入りだった、そして最も有名だったある生徒に対して「真実」について語った言葉に含意されているのではないかと思われます。

それはとても美しくも恐ろしいものじゃ。だからこそ注意深く扱わなければなるまい。

ダンブルドアの考えに賛成かどうかは別として、教授が未来の読者を、ある誘惑から守ろうとしたことは許せるのではないでしょうか。教授自身がその誘惑に負け、そのために恐ろしい代償を払ったのですから。

二〇〇八年

J・K・ローリング

【註書きに関して】

ダンブルドア教授は、魔法界の読者を対象として物語のメモを書かれたと思われます。そこで、マグルの読者にわかりやすくするために、私がところどころに言葉や事実に関する解説を加えました。私の解説にはJKRという頭文字が入っています。

J・K・R

1
魔法使いと
ポンポン跳ぶポット

The Wizard and the Hopping Pot

昔あるところに、親切な魔法使いの老人が住んでいました。老魔法使いは、近所の人々のために、惜しげもなく賢く魔法を使いました。この魔法使いは、自分の魔力を隠して、薬やおまじないや解毒剤が、「幸運のポット」と呼んでいる小さな料理用のポットからひとりでに湧いて出てくるように見せかけていました。何キロも先から、悩みごとを抱えて老人を訪ねてくる人々のために、老魔法使いは快くポットをかき回しては、問題を解決してあげました。

　この魔法使いは、みんなから慕われて長生きしましたが、やがて一人息子に全財産を遺して亡くなりました。

　この息子は、やさしい父親とはまったくちがった性格で

した。息子は、魔法の使えない人間は何の価値もないと考えていましたから、惜しげもなく魔法を使って近所の人を助けてばかりいる父親とは、よく言い争いをしました。

父親が亡くなったあと、息子は古い料理ポットの中に、自分の名前が書かれた小さな包みを見つけました。金貨ではないかと期待しながら開けてみると、金貨どころか、ぼくには小さすぎるふわふわの分厚いスリッパが、しかも片方だけ入っていました。スリッパの中には羊皮紙の切れ端があり、こう書かれていました。

息子や、おまえがこれを使わなくてすむとよいのじゃが

息子は、年のせいで頭がおかしくなったにちがいない、と父親をののしりながら、スリッパをポットの中に投げ入れました。そして、そのポットをゴミ入れとして使おうと決めました。

その夜のことです。農家のおばあさんが、玄関の戸をたたきました。

「先生、孫娘がイボだらけになってしまったんでございます」

おばあさんが訴えました。

「老先生は、あの古いポットで湿布用の特効薬をお作りくださったんでございますが……」

「帰れ！」

息子は大声で言いました。

「おまえのところのガキのイボなど、おれの知ったことか」

そして息子は、老婆の鼻先で戸をピシャリと閉めてしまいました。

そのとたん、台所からガランガラン、

バンバンという大きな音が聞こえてきました。息子の魔法使いが、杖灯りをつけて台所の戸を開けてみると、驚いたことに、父親の古いポットが真鍮の足を一本生やして、台所の真ん中の石畳の上でポンポン跳びはねながら、恐ろしくやかましい音を立てていました。息子の魔法使いは何ごとかとポットに近寄りましたが、ポットの表面がイボだらけなのを見て、あわてて後ずさりました。

「汚らしいヤツめ!」

そうさけぶなり、息子はポットに

まず「消失呪文」をかけ、つぎに魔法できれいにしようとし、ついには家から外に押し出そうとしました。

でも、どの呪文も効きません。ポットはポンポン跳びはねながら、ガランガラン、バンバンと大きな音を立てて木の階段を一段ずつ上がり、台所から寝室まで息子を追ってきました。しかし、息子にはどうすることもできません。

イボだらけの古いポットがベッドのわきでバンバン音を立てるので、息子は一晩中眠れませんでした。つぎの朝も、ポットは朝食のテーブルまで、ポンポン跳びながらしつこくついてきました。**ガラン、ガラン、ガラン**。真鍮足のポットが跳びはねます。まだオートミールに口もつけないうちに、またしても玄関の戸をたたく音がしました。

戸口には老人が立っていました。

「先生、わしのロバのやつが——」

老人が言いました。

「あの雌ロバめ、姿が見えねえんでごぜえます。盗まれたかもしんねえ。あいつがねえと、市場で売る物が運べねえ。わしの家族は今晩、腹ぺこでごぜえます」

「おれはたったいま腹ぺこだ！」

そうどなるなり、息子の魔法使いは、老人の鼻先でピシャリと戸を閉めました。

ガラン、ガラン、ガラン。一本足の真鍮ポットが床を踏み鳴らしました。しかもこんどは、足音に加えてロバの鳴き声と、腹を空かせた人間のうめき声までが、ポットの底から響いてきました。

「動くな。だまれ！」

息子は悲鳴をあげましたが、どんな魔法を使っても、イボだらけのポットをだまらせることはできませんでした。一日中、息子がどこに行こうが何をしていようが、ポットはロバの鳴き声やら人のうめき声やらをあげ、ガランガランの音を響かせて、息子のあとにくっついて跳びはねていました。

その晩、三人目が戸をたたきました。若い女性が、胸も張り裂けんばかりに泣きながら戸口に立っていました。

「わたしの赤ちゃんが、とっても具合が悪いんです」

女性が言いました。

「どうぞお助けください。老先生は、何か困ったことがあれば来るようにとおっしゃいました……」

しかし息子は、ピシャリと戸を閉めました。

あのわずらわしいポットは、こんどはなみなみと塩水で満たされていました。ポットがロバの鳴き声を上げたりうめいたりしながら跳びはねるたびに、床いっぱいに塩水の涙がこぼれました。

そのうえポットは、ますますイボだらけになりました。

その週はもう、助けを求めて魔法使いの小屋を訪ねる村人はいませんでした。しかしポットは、村に起きているあらゆる不幸のことを息子に知らせ続けました。二、三日たつと、ポットは、ロバの鳴き声やうめき声をあげて跳びはねたり、イボを吹き出したりするばかりではなくなりました。息を詰まらせたり、ゲーゲー吐いたり、赤ん坊のように泣きわめいたり、腐ったチーズや饐えたミルクを吐き出したり、犬のようにクンクン哀れっぽく鳴いたり、さらにはナメクジがどっさり出てきてそこいら中を食い荒らしたりするようになりました。

息子の魔法使いは、そばにポットがいると、眠ることも食

べることもできません。それでもポットは頑として離れません。息子は、だまらせることも、力ずくでおさえて動かないようにすることもできませんでした。

とうとう息子は降参しました。

「困ったことがあったら、おれのところに来い！ どんな悩みでも苦しみでも持ってこい！」

息子は夜中に家から飛び出して、跳びはねるポットにつきまとわれ、大声でさけびながら村にかけこみました。

「来るがいい！ 病気やけがを治し、苦しみを癒やしてやろう！ おやじの

料理ポットがある。おれが治してやる！」

ポンポン跳ねる汚いポットに追われるように、息子は村の通りを走り回り、四方八方に呪文をかけました。ある家の小さな女の子は、寝ているうちにイボが消えてなくなりました。行方不明だったロバは、遠く離れた野イバラのやぶから「呼び寄せ」られ、そっと小屋に降ろされました。病気の赤ん坊はハナハッカで洗われ、バラ色のほおをして元気に目を覚ましました。病や悲しみを抱

えたすべての家で、息子の魔法使いは全力を尽くしました。つきまとっていたポットはだんだんおとなしくなり、うめいたり吐いたりするのをやめて、つるつるのピカピカになりました。

「さあ、ポット、どうする？」

太陽が昇りかけたとき、息子は身震いしながら聞きました。ポットは息子が投げ入れた片方だけのスリッパを「ゲーップッ」と吐き出し、はかせてくれと真鍮の足をさし出しました。

二人は一緒に家路につきました。ポットの足音は、もう聞こえなくなっていました。そしてその日から、息子の魔法使いは、父親と同じように、村人を助けるようになりました。ポットがスリッパを脱いで、またポンポン跳びはねたりしないように。

めでたし、めでたし。

「魔法使いとポンポン跳ぶポット」に寄せて

アルバス・ダンブルドア

親切な老魔法使いは、冷たい息子にマグルの村人の苦しみを味わわせることで、教訓を与えようとした。息子の魔法使いは良心に目覚め、魔法の力を非魔法族の隣人たちのために使うようになった。わかりやすい心温まる寓話だと、人はそう思うかもしれない——そう考える者は、お人好しのあんぽんたんぶりをさらけ出していると言えよう。マグル好きの父親がマグル嫌いの息子より魔法にすぐれていることを示す、マグルびいきの物語？　だとすれば、物語の原書が、ほかの多くの書のように焚書の憂き目に遭うことなく、一冊でも残っていたのは驚くべきことであると言ってよい。

マグルへの兄弟愛を説いたビードルは、時代をはみ出していた。十五世紀初頭、欧州全域では魔女狩りが勢いを増しておった。魔法界が、隣のマグルの豚の病を呪文で治してやろうとすることは、自分を火あぶりにするための薪を自ら集めるにも等しい、と考えたのも理由なしとしない。魔法界では、非魔法族の人間との関係がとみに疎遠になり、「マグルのことはマグルに始末させろ！」の声が高まっていた。ついに一六八九年の「国際魔法機密保持法」の制定に極まって、魔法族は自ら姿を隠すことになったのである。

しかし、子供は何と言っても子供である。グロテスクなポンポンポットに夢中になってしまった。解決策として、イボだらけのポットのほうはそのままにしておき、マグルびいきの教訓だけを捨て去ることになり、十六世紀の半ばには、書き換えられた物語が、魔法界の家庭で広く読まれるようになった。書き換え版で

は、罪のない魔法使いを捕まえようと、松明を振りかざし乾草用の三叉をかまえてやってくるマグルの村人を、ポンポンポットがその魔法使いの家から追い出し、捕らえては丸ごと飲み込んで魔法使いを守る、という話になっている。物語の最後に、ポットはほとんどの村人を飲み込んでしまい、魔法使いは生き残った村人から、自由に魔法を使っても邪魔をしないという約束を取りつける。お返しにその魔法使いは、飲み込んだ犠牲者を返すようにとポットに言う。ポットは底のほうから少しもみくちゃになった村人をゲップと吐き出す。今日に至るまで、親から（だいたいが反マグルの魔法使いだが）この書き換え版しか聞かされていない子供たちは、たまたま原書版を読む機会があると大いに驚くことになる。

しかし、すでに私が冒頭で示唆したように、「魔法使いとポンポン跳ぶポット」が怒りを買うのは、マグルびいきの要素のせいだけではない。魔女狩りが熾烈を極めるようになると、魔法族は自分と家族を守るために、さまざまな隠遁術を

使って二重の暮らしをするようになる。十七世紀になると、マグルと親しくする魔法使いたちは白い眼で見られ、村八分になることさえあった。マグルびいきの魔法使いに投げつける悪態は（「ウジ虫野郎」「くそったれ」「げす野郎」などのきわどい異名のいくつかは、この時代に生まれた）、魔法力が弱いとか劣っていることをバカにする意味が込められている。

この時代に影響力のあった魔法使い、ブルータス・マルフォイ（『戦う魔法戦士』という反マグル雑誌の編集者）などが、マグルびいきの魔法使いの魔力はスクイブ程度だという偏見を定着させた。

一六七五年、ブルータスはこう書いている。

これだけは確実に言える。マグル社会に愛着を示す魔法使いは、知性が低く、魔法力が哀れなほど弱いがために、マグルの豚どもに囲まれているときしか優越感を感じることができないのだ。

非魔法族と交わることを願うという弱みこそ、魔法力の弱さを示す最も確実な証だ。

このような偏見は、世に比ぶべくもない魔法使いの中に、俗に言う「マグル好き」がいるという圧倒的な証拠の前に、やがて消え去ることとなった。

「魔法使いとポンポン跳ぶポット」に対する根強い反感は、今日でも一部の魔法使いたちの間に残っている。それを如実に語るのは、ベアトリックス・ブロクサム（一七九四—一九一〇）の悪名高き『毒キノコ物語』であろう。著者のブロクサム女史が『吟遊詩人ビードルの物語』が子供にとって有害だと考えたのは、「最も恐ろしい主題、たとえば死、病気、流血、邪悪な魔法、気持ちの悪い登場人物、最もおぞましい吹き出物や膿などに、子供たちが不健全な不安を抱くから」としている。女史は、「ビードルの物語」の何篇かをふくむさまざまな昔話

を、自分の理想に従って書き換えた。女史の語る理想とは、「小さな天使たちの純真な心を、健全で幸せな思いで満たし、安らかな眠りに怖い夢が入り込まないようにすることで、天真爛漫さという貴重な花を守ること」だった。

ブロクサム女史による、「魔法使いとポンポン跳ぶポット」の純真かつ貴重な書き換え版の最後の一節は以下のとおりである。

そして小さな金のポットは、小さなバラ色のつま先で、喜んで踊りました——ピョンピョンピョン！　ウィー・ウィリキンが、お人形ちゃんたちの痛いポンポンを治してあげました。小さなポットはとてもうれしくて、ウィー・ウィリキンとお人形ちゃんたちのために、甘いお菓子をポットいっぱいに出してあげました！

「でも、歯を磨くのを忘れないで！」

ポットが大きな声で言いました。

ウィー・ウィリキンは、ピョンピョン・ポットにキスをして抱きしめ、約束しました。

これからはずっとお人形ちゃんたちを助けます。もうけっしてブツブツ屋のウィルキンにはなりません。

ブロクサム女史の物語を読んだ後世の魔法族の子供たちの反応は、いつも決まって同じであった。激しくゲーゲー吐きはじめ、早く本をどこかに持っていって粉々にしてくれ、と頼むのである。

（1）とは言え、本物の魔法使いや魔女は、火あぶりの刑やギロチン、首吊りの刑を、ある程度巧みに逃れることができた（「バビティうさちゃんとペチャクチャ切り株」のリセッ

ト・ド・ラパンの解説を参照〈一一一ページ〉）。しかし、何人かは殺された。ニコラス・ド・ミムジー=ポーピントン卿（グリフィンドール塔のゴーストで、存命中も絶命時も当時の宮廷に仕える魔法使いであった）の場合は、杖を取り上げられて地下牢に閉じ込められ、処刑時に魔法を使って逃れることができなかった。さらに、魔法界には、まだ自分の魔法力を制御できない若い世代の家族を失った家が多い。魔女狩りのマグルたちに気づかれ、その手にかかる危険性が高かったからである。

（2）［JKR］スクイブとは、魔法使いの両親を持ちながら魔法力を持たない者のこと。ごく稀にしか存在しない。マグル生まれの魔法使いや魔女のほうが、より一般的だ。

（3）たとえば私自身。

魔法の園の丘の上、高い壁に囲まれ、強い魔法に守られて、「豊かな幸運の泉」が噴き上げていました。

一年にたった一度、一番長い日の夜明けから日没までの間に、不幸な者がひとりだけその噴水にたどり着く機会を与えられ、その水を浴びて永遠に豊かな幸運を得ることができるのです。

決められたその日に、王国のすみずみから、何百という人が夜明け前に魔法の園の壁の外までやってきました。老若男女、富める者も貧しい者も、魔法が使える者も使えない者も、自分こそが庭に入る者でありますようにと願いながら、まだ暗いうちに集まったのです。

それぞれに重い苦しみを抱えた三人の魔女が、その群

れの端で出会いました。そして、夜明けを待ちながら、お互いの悲しみを語りあいました。

最初の魔女はアシャといい、どんな慰者にも治せない病気にかかっていました。泉がその症状をぬぐい去り、末長く幸せな命を与えてくれますように、と願っていました。

二番目の魔女はアルシーダといい、悪い魔法使いに家も富も杖も奪われてしまいました。無力で貧しい自分を、泉が救ってくれますように、と願っていました。

三番目の魔女はアマータといい、深く愛した男に捨てられたのです。アマータは、この心の傷が癒えることはないだろうと思いました。この悲しみとやるせなさを、泉が癒やしてくれますように、と願っていました。

魔女たちは、もしも三人のうちの誰かに機会が与えられたなら、力をあわせて一緒に泉にたどり着こうと誓いあいました。

空に夜明けの光が射すと、壁がわずかに開きました。群衆は口々に願いごとをさけびながら、どっと押し寄せました。壁の向こうの庭から蔦が現れ、もみあう群衆の中をくねくねと伸びて、一番目の魔女、アシャにからみつきました。アシャは二番目の魔女、アルシーダの手首をつかみ、アルシーダは三番目の魔女、アマータのローブをしっかりとつかみました。

そしてアマータは、やせこけた馬に乗った、さえない格好の騎士の鎧に、服のどこかをひっかけてしまいました。

蔦は三人の魔女を、開いたわずかな壁のすきまに引っぱりこみ、ひっかかった騎

士も馬から引きずり降ろされて三人のあとに続きました。

落胆した群衆の怒りのさけび声が、朝の空気の中を昇っていきましたが、壁が元通りに閉じるとふたたび静寂が訪れました。

アシャとアルシーダは、うっかり騎士を連れてきてしまったアマータに腹を立てました。

「泉の水を浴びることができるのは、たったひとりなのよ！ 三人のうち誰にするかを決めるのさえ難しいのに、もうひとりなんて！」

壁の外の世界ではラックレス卿（不運の騎士）という名で呼ばれる騎士は、三人の女性が魔女だと気づきました。そして、魔法も使えず、馬上試合や剣での決闘にすぐれているわけでもなく、人間として魔法族より秀でた点の何もない自分には、三人の魔女を打ち負かして泉にたどり着く望みなどまったくないと思いました。そこで、自分は身を引き、壁の外にもどるつもりだと宣言しました。

これを聞いて、こんどはアマータが腹を立てました。
「意気地なし！」
アマータは騎士をしかりつけました。
「騎士よ、剣を抜くのです。そして私たちが目的の場所にたどり着けるように助けるのです！」

そして三人の魔女としょぼくれた騎士は、魔法の園を突き進みました。陽の降り注ぐ小道の両側には、めずらしい花々や草や果物が豊かにしげっていました。四人は何の障害にも出あわずに、泉の噴き上げている丘のふもとに着きました。

ところがそのふもとには、ふくれあがった真っ白な盲目の怪物「いも虫」が丸まっていました。四人が近づくと、怪物は醜い顔を向けてこう言いました。

苦しみの証を支払っていけ

ラックレス卿は剣を抜いて怪物を殺そうとしまし

たが、刃が折れてしまいました。そこで、アルシーダは怪物に何度も石を投げつけ、一方アシャとアマータはあらゆる呪文を使って怪物を抑えたり陶然とさせたりしようとしましたが、杖の力は、アルシーダの石や騎士の鋼の力と同じく、効果がありません。「いも虫」はどうしても四人を通そうとはしませんでした。

太陽はますます高く昇り、絶望したアシャは泣きだしてしまいました。

すると巨大な「いも虫」は顔をアシャの顔に押しつけて、ほおの涙を飲み干しました。のどの渇きが治まり、怪物はくねくねとその場を離れて、地面の穴へと消えてしまいました。

怪物がいなくなって大喜びの三人の魔女と騎士は、昼前には頂上に着けるにちがいないと、丘を登りはじめました。

ところが、急な坂道を半分ほど登ったところで、四人は地面に刻まれた文字を見つけました。

努力の成果を支払っていけ

ラックレス卿はたった一枚だけ持っていた硬貨を取り出して、草深い斜面に置きました。しかし、硬貨はコロコロと転がって見えなくなってしまいました。三人の魔女と騎士は丘を登り続けましたが、何時間歩いても一歩も前進しません。頂上は近づきもせず、地面に刻まれた文字も元の位置のままです。

太陽が頭上を越して地平線に傾きはじめたのを見て、四人は落胆しました。それでも、アルシーダは、ほかの誰よりももっと速くもっと一生懸命歩き、自分のようにがんばれ、と三人を激励しました。しかしアルシーダは、魔法のかかった丘をそれ以上登ることができませんでした。

「みんな、がんばるのよ、くじけないで！」

アルシーダは額の汗をふきながらさけびました。

汗水が光りながら地面に落ちました。すると、行く手をはばんでいた文字が消え、四人はふたたび前進することができるようになったのです。
　二番目の障害が取りのぞかれたことに大喜びして、四人はできるだけ足を速め、頂上に向かいました。とうとう、花や木のしげみにおおわれた、水晶のように輝く噴水が見えました。

しかし、そこにたどり着く前に、頂上を囲んで流れる川が行く手をはばみました。澄んだ水の底にはすべすべした石があり、こう書かれていました。

過去の宝を支払っていけ

ラックレス卿は盾に乗って流れを渡ろうとしましたが、盾は沈んでしまいました。三人の魔女は騎士を川から引っぱり上げ、自分たちは川を飛び越えようとしました。しかし川は横切らせてはくれず、その間にもどんどん陽が落ちていきました。そこで四人は、川の言葉の意味を考えました。

最初に意味がわかったのはアマータでした。アマータは杖を取り出し、いなくなった恋人との幸福だった日々の思い出を心の中から引き出して、川の急流に落としました。川は思い出を流し去り、そのあとに飛び石が現れました。三人の魔女と騎士は、こうしてついに、丘の頂上にたどり着いたのです。

目の前の噴水は、これまで見たこともないような美しく珍しい草や花々に囲まれて、キラキラと輝いていました。空は茜色に染まりました。噴水の水を浴びるのは誰かを決める時が来ていました。

しかし、四人が決めるより前に、体の弱いアシャが倒れてしまいました。頂上をめざす労苦につかれはてて、瀕死の状態でした。

三人の友達は、アシャを噴水まで連れていこうとしましたが、アシャはあまりの苦しさに、どうかさわらないでくれと頼みました。

そこでアルシーダは大急ぎで一番効き目のありそうな薬草をつみ、ラックレス卿の

持っていた瓢の水で混ぜ合わせて、その薬をアシャの口に流し込みました。
アシャはたちまち立てるようになりました。そればかりか、恐ろしい病気の症状もすっかり消えてしまっていました。
「治ったわ!」
アシャがさけびました。
「私には泉はいりません——アルシーダに浴びさせましょう!」
しかしアルシーダは、薬草を集めてエプロンに入れるのに夢中でした。
「この病が治せるのなら、私はいくら

53

でもお金を稼ぐことができるわ！」アマータに浴びさせましょう！」

ラックレス卿は一礼して、アマータを泉へとうながしました。しかし、アマータは首を振りました。川が恋人への哀惜をすべて流し去ってしまい、いまは恋人がどんなに残忍で不誠実だったかに気づいたのです。そして、恋人への思いを断ち切ることができただけで充分に幸せなことがわかりました。

「どうぞ、あなたが浴びてください。騎士道を尽くしたごほうびに！」

アマータはラックレス卿にそう言いました。

そこで騎士は、落ちようとする太陽の最後の光の中を、鎧の音を響かせながら進み出て、何百人もの中から自分が選ばれたことに驚き、信じられない幸運にめまいを感じながら、「豊かな幸運の泉」の水を浴びました。

そしてすぐに、さびた鎧のまま、自分がこれまでに見たどの女性よりもやさしくて美

太陽が地平線に落ち、ラックレス卿は勝利の栄光に包まれて泉から出てきました。

しい、アマータの足元にひざまずきました。成功に顔を輝かせた騎士は、どうかあなたの手と心をわたしにくださいと請い願って、アマータに結婚を申しこんだのです。同じように喜びに顔を輝かせたアマータも、自分の手と心をゆだねるのにふさわしい男性に出会えたことを知りました。

三人の魔女と騎士は、腕を組み、一緒に丘を下りました。そして四人はいつまでも幸せに暮らしました。

泉の水には何の魔力もなかったことは、四人の誰も知らず、疑いもしませんでした。

めでたし、めでたし。

「豊かな幸運の泉」に寄せて

アルバス・ダンブルドア

「豊かな幸運の泉」はいつの世にも好まれる物語である。ホグワーツのクリスマスの催しに、初めておとぎ芝居を加えようということになった時、この話が使われることになったのも当然と言えよう。

当時の「薬草学」の教授、ヘルベルト・ビーリー先生は熱心なアマチュア演出家で、ホグワーツの教職員と学生を楽しませるクリスマスの余興として、この愛すべき物語の翻案を提案された。私はそのころ若き「変身術」の教師であり、ヘルベルトから「特殊効果」を任された。たとえば、本物そっくりに動く「豊かな幸運の泉」の噴水や、三人のヒロインと騎士が草深い丘を登っていくように見せ

るために、ミニチュア版の丘が徐々に舞台に沈み込んで見えなくなるという仕掛けなどだ。

うぬぼれではなく、私の担当した「噴水」と「丘」は、素直に与えられた役をこなしたと言えよう。しかしほかの配役については、嗚呼、そうはいかなかった。
「魔法生物飼育学」の教授、シルバヌス・ケトルバーン先生が提供した巨大な「いも虫」の異様なる振る舞いはこの際忘れるとしても、人間くさいごたごたが、この劇を惨憺たるものにしてしまったのである。舞台監督の立場にあったビーリー教授は、目と鼻の先でくすぶっていた感情的もつれに、あまりにも無頓着であった。幕が上がる一時間前まではアマータ役の生徒と恋仲だったラックレス卿役の生徒が、開幕時点でアシャ役の生徒に心を移してしまったということを、教授はまったく知らなかったのだ。

劇の成否については、「豊かな幸運」を求めるわれらが求道者たちが丘の頂上にたどり着くことはなかった、と言うだけで充分であろう。まだ幕も開かないうちに、ケトルバーン先生の「いも虫」が——実は「肥らせ呪文」をかけられたアッシュワインダー（2）だったのだが、正体を現し——爆発して熱い火の粉と塵をまき散らし、大広間を煙と舞台装置の残がいで埋めてしまった。「丘」のふもとに産みつけられた灼熱した巨大な卵が数個、舞台の床を燃やす一方、アマータ役とアシャ役の生徒が突然決闘を始め、そのあまりにも激しい応酬に巻き込まれたビーリー教授は、十字砲火を浴びてしまった。舞台に燃え盛る業火が大広間を飲み込んでしまう恐れがあり、教職員は避難を余儀なくされた。その夜の余興は、超満員の病棟という結末で終わった。大広間から鼻を突くような臭い煙のにおいが消えるまでに数か月かかったし、ビーリー教授の頭が元の形を取り戻し、ケトルバーン教授が休職処分を解かれるまでにはもっと長くかかった。（3）アーマンド・ディペット校長は、それ以後いっさいの芝居を御法度にし、今日に至るまで、ホ

グワーツ校には演劇なしという誇りある伝統が続いている。

本校におけるこうした大騒動にはかかわりなく、「豊かな幸運の泉」は、ビードルの物語の中でも最も人気のある話と言えよう。ただし「魔法使いとポンポン跳ぶポット」同様、この物語も難癖をつけられた。ホグワーツの図書室からこの物語を取り除くことを要求した親は、少なくなかった。偶然ではあるが、ブルータス・マルフォイの子孫であり、かつてホグワーツの理事を務めたルシウス・マルフォイ氏もそのひとりである。マルフォイ氏は書面でこの物語の禁止を求めた。

魔法使いとマグルの交配を描く作品は、フィクションであれノンフィクションであれ、ホグワーツの書棚から追放されるべきである。私は、息子が魔法族とマグルの結婚を勧める類の物語を読み、自らの純血の血統を汚すような影響を受けることを望まない。

私は、この本を図書室から取り除くことを拒否した。理事会の大多数の支持を受け、私はその決定をマルフォイ氏に説明する書簡を送った。

純血と称する家族は、家系図からマグルやマグル生まれの魔法使いを勘当したり追放したり、またはうそで塗り固めて自らの純血を主張している。そのうえ、自らの認めたくない真実を扱った作品を禁ずることを要求し、自らの偽善を我々に押しつけようとする。現在存命中の魔法使いや魔女に、マグルの血の混じらぬ者はいない。であるから、この主題を扱った作品を生徒たちの知識の宝庫から取り除くことは、非合法かつ不道徳であると考える。[4]

このやり取りをきっかけに、以後長年にわたって、マルフォイ氏は私をホグワーツ校長の地位から追い落とさんとする運動を開始することとなり、一方、私

はと言えば、マルフォイ氏をヴォルデモート卿お気に入りの「死喰い人」という立場から排除せんとする動きを始めたのである。

（1）ビーリー教授はやがてホグワーツを去り、W.A.D.A.［ワーダ］（マグル界のR.A.D.A.［ラーダ］、つまり王立演劇アカデミーに匹敵する、魔法演劇アカデミー）で教えるようになった。教授が私に打ち明けたところによると、この物語は験が悪いと考え、舞台にのせることには強い拒否反応を持ち続けたとのことだ。

（2）『幻の動物とその生息地』に、この奇妙な生物の最も適切な記述がある。この生物を勝手に木張りの部屋に持ち込むべきではないし、けっして「肥らせ呪文」をかけてはならない。

（3）ケトルバーン氏は、「魔法生物飼育学」の教授に在任中、少なくとも六十二回の休職処分を受けてもなお在職し続けた。ホグワーツ校における私の前任者であるディペット校長とケトルバーン教授とは、常に緊張関係にあり、ディペット校長は、教授をやや向こう見ず、と考えていた。しかし、私が校長に就任したころは、ケトルバーン教授も相当角が取れておった。もっとも、皮肉な見方をする連中は必ずいるもので、その者たちは、手足が一本と半分しか残っていない状態になっては、教授も少しはおとなしくならざるを得なかったと言う。

（4）私のこの返信のせいで、その後マルフォイ氏から数回に及び手紙を受け取ることとなるが、主に私の正気を疑うとか、私の出生や衛生観念についての侮辱的な内容であるため、このメモ書きとの関連性は薄い。

3
毛だらけ心臓の魔法戦士

The Warlock's Hairy Heart

昔むかしあるところに、ハンサムでお金持ちで、おまけに才能ある若い魔法戦士がいました。この若者は、恋に落ちては、はしゃいだりめかしこんだり、食欲がなくなったり威厳をなくしたりする友を見て、ばかばかしいと思っていました。自分はそんな軟弱な恋の犠牲者にはけっしてなるまいと心に決め、抵抗力をつけるために闇の魔術を使いました。

　そんな秘密があるとは露知らず、家族は、若者が女性に無関心で冷淡なのを見て笑いました。
「何もかも変わるよ——」
　家族たちはそう予言しました。
「どこかの娘さんがこの子の心をつかんだらね！」

しかし、若い魔法戦士は女性に心を動かされることがありませんでした。たくさんの乙女たちが、気位の高い若者の態度に興味をそそられ、あの手この手で関心を引こうとしましたが、若者の心を動かす女性はひとりもいませんでした。魔法戦士は、自分自身の無関心さと、それを生み出している賢明さを誇りとしていました。

みずみずしい若さが過ぎるころ、仲間たちはつぎつぎに結婚し、そして子供を持ちました。

「こいつらの心臓は、籾殻みたいにカサカサにちがいない」

身近な若い親たちの滑稽な行動を見て、魔法戦士は心の中であざ笑いました。

「泣いてむずかる赤ん坊のせいで、つかれきってしなびている！」

若いときに自分は賢い選択をしたと、魔法戦士はあらためて自分をほめました。

やがて魔法戦士の両親は年老いて亡くなりました。息子は、親の死を嘆くどころか、

死んでくれて幸いだと考えました。いまや息子は、ひとりで親の遺した城に君臨することになりました。一番大切な宝物を地下牢の一番深いところに移し、魔法戦士は安楽で豊かな生活に身をまかせました。おおぜいの召使いは、この魔法戦士が快適に暮らすためだけに働きました。

魔法戦士は、こんなにすばらしくてもうらやましいにちがいないと思いました。ところがある日、二人の小間使いがご主人様のうわさをしているのを立ち聞きした魔法戦士は、激しい怒りとくやしさに襲われました。

召使いのひとりは、これほどの富と力がありながら、誰にも

何物にもわずらわされない独身生活は、誰が見

愛されたことのない魔法戦士をあわれみました。
　ところがもうひとりの召使いは、それほどの富と豪華な城を所有する男なのに、妻となるべき女性のひとりもひきつけられないなんて、と嘲笑しました。
　聞いていた魔法戦士は、二人の言葉にひどくプライドを傷つけられました。
　魔法戦士は即刻妻をめとることにしました。しかもその妻は、ほかの

誰よりもすぐれた女性にすると決めたのです。驚くほど美しく、目にしたすべての男性がうらやみ、ほしがるような女性であること、家族が増えても子孫が誰よりも秀でた魔法力を受け継ぐよう魔法族の血筋であること、家族が増えても自分の快適な生活が保証されるように、少なくとも自分と同程度の富を所有している女性であること、と条件を決めました。

そんな女性を見つけるには五十年もかかろうかと思われました。ところが、魔法戦士がそう決めたその日に、たまたま条件のすべてに当てはまる乙女が、親せきを訪ねて城の近所までやってきたのです。

その乙女は驚異的な技を持つ魔女で、お金持ちでした。その美しさは、どんな男性でも一目見たらとりこになるほどでしたが、例外がひとりいました。誰あろう、この魔法戦士の心臓は、何も感じなかったのです。しかし、求めていたとおりの人でしたから、魔法戦士はその乙女を口説きはじめました。

人々は魔法戦士の変わりように驚き、「あなたは、ほかの何百人もの女性ができな

かったことをやりとげた」とその乙女に言いました。

魔法戦士に言い寄られた若い魔女の心には、ひかれる気持ちと反発する気持ちが入り交じりました。魔法戦士の甘い言葉の裏にある冷たいものを感じ取った乙女は、こんなによそよそしく打ちとけない男性に、これまで会ったことがないと思いました。

しかし、二人が似合いのカップルだと考えた魔女の親せきは縁談を進めたがり、その若い魔女のために催される大宴会への招待を受けました。

宴席には、極上のワインや贅沢な食べ物が、金銀の食器に盛られて並べられました。吟遊詩人たちはリュートの絹の弦をかき鳴らしながら、ご主人様が感じたこともない愛の歌を歌いました。魔法戦士は、隣の王座に腰かけたうら若き乙女に、本当の意味などわからないままに詩人の詩から拝借したやさしい言葉を小声でささやきました。乙女は戸惑いながらその言葉を聞いていましたが、とうとうこう答えました。

「あなた様は、お口がお上手です。あなた様に心がおありになるのでしたら、お心をひきましたことをうれしく思うことができますのに!」

魔法戦士はほほ笑んで、「その点ならば心配にはおよばない」と言いました。そして、あとについて来るようにと言って宴席を離れ、一番大切な宝物がしまってある地下牢へと乙女を案内しました。

そこには、魔法のかかったクリスタルの箱に入れられた、脈打つ魔法戦士の心臓がありました。

長い間、目や耳や指から切り離されていた心臓は、美しさにも歌うような声にも絹のような

肌の感触にも、惑わされることがなかったのです。乙女は、その心臓を見て恐ろしくなりました。心臓は縮み、長く黒い毛で覆われていたのです。

「まあ、なんということをなさったのです？」

乙女は嘆きました。

「どうかお願いですから、もとのところにおもどしくださいませ！」

乙女を喜ばせるためにはそうする必要があると思った魔法戦士は、杖を取り出してクリスタルの箱の錠を開け、自分の胸を切り裂き、毛だらけの心臓を、空洞になっていたかつてそれがあった場所にもどしました。

「さあ、あなた様はこれで癒やされました。本当の愛とは何かがおわかりになるでしょう！」

乙女はそうさけんで魔法戦士を抱きしめました。

乙女の白い腕の感触、耳に届くその息づかい、豊かな金髪の香り、そのすべてが、目覚めた心臓を槍のように突き刺しました。しかし長い間切り離されているうちに、

心臓はおかしくなっていました。闇に閉じこめられていた心臓は、分別をなくして獰猛になり、凶暴で歪んだ欲望をつのらせていたのです。

宴席の客たちは、主催者と乙女の姿が見えないことに気づきました。はじめは気にしなかった客たちも、何時間もたつと心配になり、とうとう城中を捜しはじめました。ついに地下牢を見つけた客たちを待ち受けていたのは、身の毛もよだつ光景でした。乙女は胸を切り開かれ、床に倒れて息絶えていました。そのわきにうずくまっている正気を失った魔法戦士の血だらけの手には、大きくなめらかで輝くような深紅の心臓が握られていました。魔法戦士はその心臓をなめたりなでたりしながら、自分の心臓と取り換えるのだと言い放っていました。

もう一方の手に持った杖で、魔法戦士はしなびて毛だらけの心臓を、何とかして自分の胸から取り出そうとしていました。ところが、毛だらけの心臓は持ち主よりも強く、魔法戦士の感覚を支配する持ち場を離れようとせず、長いこと閉じこめられてい

た棺のような箱にもどろうともしませんでした。

恐怖に打ちのめされた客の目の前で、魔法戦士は杖を投げ捨て銀の短刀をつかみました。そして「自分の心臓に支配されてなるものか」と言うなり胸に収まった心臓をたたき切りました。

両手に二つの心臓を握りしめ、魔法戦士は一瞬勝ち誇ったようにひざをつきましたが、やがて乙女の体に折り重なるように倒れ、息の絶えました。

「毛だらけ心臓の魔法戦士」に寄せて

アルバス・ダンブルドア

これまで見てきたように「ビードルの物語」の最初の二篇は、心の広さや忍耐、愛などのテーマが批判の的となった。ところが「毛だらけ心臓の魔法戦士」は、書かれてから何百年間も手を加えられることなく、あまり批判もされていない。私がようやく原文のルーン文字で読んだときも、この物語は母から聞かされたものとほとんどちがっていなかった。とは言え「毛だらけ心臓の魔法戦士」は、「ビードルの物語」の中でも最もむごたらしい話であるため、子供が怖い夢にうなされない年齢に達するまでは話して聞かせない親が多い。

それならなぜ、このようにぞっとする話が生き残ってきたのであろうか？この物語が何世紀にもわたって原作のままで語り継がれてきたのは、われわれの誰にでもある暗い深みについて語っているからだというのが私の説である。この物語は、魔法の中でも最も強い誘惑であり、かつ認知度のきわめて低い「損傷不可能性」の探求という誘惑に触れている。

そのような探求は、もちろんばかげた夢物語である。生きている者ならば、魔法使いにせよそうでないにせよ、肉体的、精神的、感情的な意味での何らかの損傷を被らない者はいない。傷つくことは息をすることと同じように人間的なことである。とは言え、われわれ魔法使いはとくに、存在の法則を意のままに曲げることができると考えがちである。たとえばこの物語の若い魔法戦士は(2)、恋に落ちることが自分の快適さと安全を損なうと決めつけた。すなわち、恋は屈辱であり、弱みであり、個人の感情的・物質的エネルギーの浪費だと考えたのである。

言うまでもなく、ほれ薬が何世紀も前から取引されていることを見れば、予測できない恋の成り行きを制御しようとするのはこの物語に出てくる架空の魔法使いだけ、ということはあり得ない。われわれは今日まで、真のほれ薬を探し続けているが、そのような妙薬はいまだかつて創られていないし、名だたる魔法薬師たちはその可能性をも疑っている。

しかしこの物語の主人公は、意のままに創り出したり壊したりできる恋の幻影にさえ、興味を示さなかった。恋は一種の病であるとみなし、けっして感染しないようにと望んだ。そのために、物語の世界のみで可能となる闇の魔術を使い、自らの心臓を閉じ込めてしまったのである。

この行為と「分霊箱」との類似性に触れた著書は多い。ビードルの主人公は死の回避を求めたわけではないが、明らかに分かつべきではないものを分割した──身体と心臓（魂ではなく）である。その行為は、次に述べる、アダルバー

ト・ワッフリングの魔法基本法則の第一法則を侵すものである。

最も深い神秘——命の源、自己の精髄——をもてあそぶ者は、通常では考えられぬ危険な結果を覚悟すべし

まさにそのとおりで、人間を超える者になろうとしたこの向こう見ずな若者は、自らを非人間的な存在に貶めてしまった。閉じ込められた心臓は、徐々にしなびて毛が生えた。これは、獣になり下がったことを象徴するものである。この男は、ついに凶暴な獣になり、力ずくで欲しい物を奪ったうえ、もはや自分には手の届かぬ存在になってしまったもの——人間の心——を取りもどそうとする無駄なあがきの中で死ぬのである。

やや古くさい表現ではあるが、「心臓に毛が生えている」という言い方は、魔

法界の日常用語となり、冷たい、または感情のない魔法使いや魔女を表現するのに使われる。独身を通した私のおばのオノリアは、「魔法不正使用取締局」の魔法使いとの婚約を破棄したことについて、その魔法使いが「毛の生えた心臓」を持っていることに危ういところで気づいたからだ、と主張した（しかしうわさによれば、おばは、実はその男が数匹のホークランプを愛しんでいるところを見たのだと言う。おばにとっては、それがひどいショックだったらしい）。

近年、『毛の生えた心臓――誰にも夢中になれない魔法使いのためのガイドブック』という自助努力の本が、ベストセラーの一位にランクされた。

（1）ベアトリックス・ブロクサムの日記によれば、年上のいとこたちにおばさんがこの

物語を語り聞かせているのを立ち聞きして以来、衝撃から立ち直れなかったとのことである。

「まったく偶然に、幼い小さな耳が鍵穴にくっついてしまった私は、恐ろしさのあまり動けなくなってしまったにちがいない。私は、意図せずしてこのむかむかする物語を全部聞いてしまい、さらにおじのノビーと近所のふしだら女と『跳びはね球根』の入った袋との、ひどくいやらしい情事の一部始終まで、ぞっとしながら聞いてしまった。衝撃でほとんど死にかけた私は、一週間も寝込み、心が深く傷ついて、夜な夜な眠ったまま同じ鍵穴まで歩いていくようになってしまった。とうとう、娘の幸せのみを願っていた私の愛するパパは、寝る時間になると、私の部屋のドアに『粘着呪文』をかけるようになった」。

ベアトリックスがこの物語の書き換え版を『毒キノコ物語』に載せていないところを見ると、どうやらこの「毛だらけ心臓の魔法戦士」を、敏感な子供たちに聞かせるにふさわしい物語に、書き換えることができなかったらしい。

（2）［JKR］「魔法戦士」という言葉は非常に古い。「魔法使い」と同義語として使われるこ

ともあるが、もともとは決闘や武芸全般の魔法にすぐれた者を意味する。さらに、勇敢な行為をなした魔法使いに与えられる称号でもあり、マグルの世界で勇敢な手柄により与えられる「騎士」の称号に匹敵する。この物語の若い魔法使いを魔法戦士と呼ぶことで、ビードルは、この魔法使いが若くして、戦闘的な魔法にすぐれているとみなされていたことを示している。現在、魔法使いを「魔法戦士」と呼ぶ時には、次の二つの場合がある。一つはその魔法使いの容貌が猛々しいことを表すため、もう一つは、ある種のすぐれた技や成果を収めた場合の称号として使う。

このようなわけで、ダンブルドア自身が「ウィゼンガモット主席魔法戦士」の称号を持っていた。

（3）「超一流魔法薬師協会」を設立したヘクター・ダグワース・グレンジャーは、次のように説明している。「すぐれた魔法薬師であれば、強力にのぼせあがらせることはできる。しかし、真に破ることのできない、永遠の、無条件の愛着の情を創り出した者はいない。これのみが『愛』と呼べるものである」。

（4）ホークランプとは、ごわごわした毛の生えたピンクのキノコのような生物。そんなものをかわいがる者の気が知れぬ。くわしくは『幻の動物とその生息地』を参照。

（5）『毛深い口先・人間の心』とまちがわぬよう注意。この本は、ある男の狼に変身する自分との戦いを描いた、心が引き裂かれる悲痛な物語である。

4
バビティうさちゃんと ペチャクチャ切り株(きかぶ)

Babbitty Rabbitty and Her Cackling Stump

昔むかし、ある遠い国に、愚かな王様がいました。王様は、魔法の力を使うのは自分だけでなければならないと決めました。

そこで王様は、軍隊の隊長に命じて魔女狩り軍団を組織させ、そこに一群の獰猛な黒いハウンド犬を配置しました。同時に王様は、国中の村という村、町という町につぎのようなおふれを出しました。

「王様の魔法指南役を求む」

本物の魔女や魔法使いは、誰も応募しようとしませんでした。魔女狩り軍団から身を隠していたからです。

しかし、ずる賢いペテン師が、魔法の力もないのにこ

れでひともうけできると考え、自分は強大な力を持った魔法使いだと言って、お城にやってきました。ペテン師は、簡単な手品を少しやってみせて、愚かな王様に自分の魔法力を信じこませ、すぐさま「王様のご指南役・大魔法使い」に任ぜられました。

ペテン師は王様に、魔法の杖など、必要な魔法の道具を買うためと言って、金貨の入った大きな袋を要求しました。それから、治療の呪文をかけるためにと大きなルビーを数個と、魔法薬を入れて熟成させるのに使うと言って銀の杯をいくつか要求しました。
愚かな王様は、これらの品を全部与えました。

ペテン師は、与えられた宝物をすべて自分の家に安全に隠してから、宮廷にもどってきました。

ペテン師はこの時、宮廷の片隅の掘っ立て小屋に住む老婆に姿を見られていることに気がつきませんでした。老婆の名前はバビティ。ベッド用のシーツを、ふかふかで

よい匂いがするように、真っ白に洗い上げる宮廷の洗濯女です。バビティは、ペテン師が王様の宮廷の木から小枝を二本折り取って城に入っていくのを、干したシーツのかげからのぞいていました。

ペテン師は、枝の一本を王様に渡して、これは強大な力を持つ魔法の杖だと言いくるめました。

「ただし、この杖は——」とペテン師は言いました。「あなたがこの杖にふさわしくなるまで、力を発揮しません」

ペテン師と愚かな王様は、毎朝、宮廷の庭に出て杖を振り、空に向かってでたらめな呪文を大声で唱えました。用心深いペテン師は、王様が「大魔法使い」の技と、たいそうな金貨を支払った杖の力を信用するように、さらにいく

つかの手品を使ってみせました。

ある朝のこと、いつものようにペテン師と愚かな王様が小枝の杖を振り回し、円を描いて跳びはねながら何の意味もない呪文を唱えていると、王様の耳にケタケタと大笑いする声が聞こえてきました。洗濯女のバビティが、小さな掘っ立て小屋の窓から王様とペテン師を見ていたのです。笑いすぎて立っていられなくなったのか、バビティの姿は窓から見えなくなりました。

「あの年寄りの洗濯女が、あれほど笑うからには、わしがとても威厳のない姿に見えたにちがいない」

と王様は言いました。

王様は跳びはねたり小枝を振り回したりするのをやめ、

顔をしかめて言いました。
「もう練習はたくさんだ！大魔法使いよ、いつになったら臣下の前で本物の魔法を使ってみせることができるのじゃ？」

ペテン師は生徒をなだめようとして、まもなく驚くほど見事な魔法が使えるようになると請けあいました。しかし、バビティの高笑いは、ペテン師が考えるより深く王様を傷つけていました。

「明日だ」
王様が言いました。
「宮廷中の者を招き、王が魔法を使うところを見せるのじゃ！」

ペテン師は、いよいよ宝物を持って逃げる時が来たと悟りました。
「ああ、陛下、それは不可能でございます！ 申し上げるのを忘れておりましたが、

陛下、わたしは明日、長い旅に出なければならず——」

「ならん！　大魔法使いよ、わしの許可なくこの城を去れば、わが魔女狩り軍団とハウンド犬にそちを追わせるぞ！　明日の朝、そちは、わしが臣下の貴族や奥方たちに魔法を見せるのを手伝うのじゃ。もし誰かがわしを笑いでもしたら、即刻そちの首をはねてくれる！」

王様は荒々しく城にもどっていき、ひとり残されたペテン師は心配になりました。どんなにずる賢くても、こんどばかり

はどうにもなりません。逃げることもできず、かと言って、王様同様自分だって魔法など知らないのですから、王様を助けることもできません。
　恐れと怒りをぶつけてやろうと、ペテン師は洗濯女バビティの小屋の窓に近づきました。中をのぞくと、小柄なおばあさんがテーブルの前で杖を磨いていまし

た。その後ろの部屋のすみで、王様のシーツが数枚、桶の中で勝手に自分を洗濯していました。

ペテン師はすぐに、バビティこそ本物の魔女だと気づきました。バビティのせいで抱えた難問は、バビティ自身が解決できるということもわかりました。

「老いぼれババァ！」

ペテン師は大声をあげました。

「おまえが笑ったおかげで、おれは大変なつけを払わされるんだ！ おれを助けられないなら、おまえが魔女だと言いつけるぞ。そうすれば、王様のハウンド犬に八つ裂きにされるのは、おまえのほうだ！」

バビティばあさんはペテン師を見てにやりと笑い、自分にできることは何でもすると約束しました。

ペテン師は魔女に、王様が魔法を披露している間、しげみに隠れて王様に悟られな

いように王様のかける呪文を実行するようにと命じました。

バビティは承知しましたが、ひとつだけ質問しました。

「でも、だんな様、王様がこのバビティには実行できない呪文をかけようとしたら、どうしますか？」

ペテン師はフンとあざ笑いました。

「おまえの魔力は、あのバカが考えつくことなど、はるかに上回っておるわ」

こう請けあって、ペテン師は自分の頭のよさに満足しながら城にもどりました。

翌朝、王国中の貴族や奥方が宮廷の庭に集まりました。王様はペテン師をわきに従えて、みんなの前で舞台に上がりました。

「まずはこちらのご婦人の帽子を消してみせよう！」

王様は小枝を貴婦人に向けながら、大声でそう言いました。

近くのしげみに隠れたバビティは、杖を帽子に向け、それを消しました。集まった

貴族たちは大いに驚き、感心して、大得意の王様に拍手喝采しました。

「つぎは、あの馬に空を飛ばせてみせよう」

王様は自分の馬に小枝を向けながら、大声でそう言いました。バビティがしげみの中から馬に杖を向けると、馬は空高く昇っていきました。集まった人々はますます驚き、感心して、魔法使いの王様を大声でほめたたえました。

「さてこんどは――」

王様は何をしようかと、まわりを見回しました。すると、魔女狩り隊の隊長が走って進み出てきました。

「陛下」

隊長が言いました。

「犬のセーブルが、今朝、毒キノコを食って死んでしまいました！　陛下、どうぞ

「あなた様の杖で生き返らせてください！」

そして隊長は、魔女狩り隊のハウンド犬の中でも一番大きな犬のなきがらを舞台に押し上げました。

愚かな王様は、死んだ犬に小枝を向けて振り回しました。しかし、しげみの中のバビティは、にやりと笑い、杖を上げようともしませんでした。どんな魔法でも、死んだものを生き返らせることはできないからです。

犬がぴくりとも動かないのを見て、集まった人々はまずヒソヒソささやきはじめ、それから笑いだしました。王様の最初の二つの魔法は、結局単なる手品だったのではないかと疑ったのです。

「どうして効かぬのじゃ？」

王様はペテン師に向かって金切り声をあげました。ペテン師はとっさに、残された手段はこれしかないと考えました。

「王様、あそこです。あそこ！」

ペテン師はバビティがしゃがみこんで隠れているしげみを指さしながらさけびました。

「わたしにははっきり見えます。邪悪な呪文であなた様の魔法の邪魔をした、悪い魔女がいます。捕まえろ、誰かあの魔女を捕まえるんだ！」

しげみから飛び出したバビティを、魔女狩り隊は犬を放して追いました。ハウンド犬たちは、バビティの血を求めてうなりながら追いました。しかし、低い植え込みのところまで来ると、小柄な魔女の姿は消えてしまいました。王様とペテン師、そして貴族たちが植え込みの反対側に来てみると、魔女狩り犬の軍団が、曲がりくねった古木の根元をひっかきながら吠えていました。

「魔女が木に化けた!」
ペテン師がさけびました。そして、バビティが元の老婆にもどって自分を責めることを恐れてこう言いました。
「陛下、木を切り倒すのです。悪い魔女はそうやってやっつけるのです!」

すぐに斧が運ばれて古木は切り倒され、貴族やペテン師は大きな歓声をあげました。

ところが、みんなが城に帰りかけると、ケタケタという大きな笑い声がして、みんなの足を止めました。

「バカ者たちめ！」

背後に残してきた古木の切り株から、バビティのさけぶ声が聞こえました。

「半分に切られたくらいで死ぬ魔女や魔法使いがいるものか！　斧を取れ。わたしの言うことが信じられないなら、『大魔法使い』を真っ二つに切ってみるがいい！」

魔女狩り隊の隊長は、ためしてみたくてしかたがありません。斧を振り上げると、ペテン師はひざまずいてあわれみを請いながら、自らの悪事をすべて白状しました。

ペテン師が地下牢に引きずられていくと、切り株はますます大声で笑いました。

「魔女を半分に切った罰で、おまえはこの王国に恐ろしい呪いを解き放した！」

石のように身を固くした王様に向かって、切り株が言いました。

「これからは、わたしの仲間の魔女や魔法使いたちを傷つければ、そのたびに、おま

えのわき腹に斧を打ちこまれたような痛みが走るだろう。痛くて死んだほうがましだと思うまで続くぞ！」

これには王様もひざまずき、切り株に向かって、すぐに新しいおふれを出すと誓いました。これから先は、王国中の魔女や魔法使いは保護され、自由に魔法を使ってもよいというおふれです。

「いいだろう」

切り株が言いました。

「しかし、おまえはまだ、バビティにつぐないをしていない！」

「何でもします。何でも！」

愚かな王様は、切り株の前で両手をあわせ、身もだえしながらさけびました。

「わたしの上に、バビティの像を建てるのだ。かわいそうな洗濯女の思い出に。そして、おまえが自分の愚かさをいつまでも忘れないようにするためだ！」

切り株が言いました。

王様はすぐに承知しました。そして、国一番の彫刻師に命じて、純金の像を建てると約束しました。それから、恥入った王様と貴族たちは、ケタケタ笑う切り株をあとに残して、城にもどりました。
　庭に誰もいなくなると、切り株の根元の狭い穴から、ヒゲのぴんぴんした元気そうな年寄りうさぎが身をくねらせ、口に杖をくわえて出てきました。バビティうさちゃんは、宮廷の庭からピョンピョン飛び出し、

遠くに行ってしまいました。

洗濯女の金の像は、切り株の上にいつまでも残り、それからはこの王国で、魔女や魔法使いが迫害を受けることはありませんでした。

めでたし、めでたし。

「バビティうさちゃんとペチャクチャ切り株」に寄せて

アルバス・ダンブルドア

「バビティうさちゃんとペチャクチャ切り株」の物語は、ある意味で、「ビードルの物語」の中では一番「真実味のある」一篇である。と言うのも、この物語に描かれた魔法が、既知の魔法の法則にほとんど完全に合致しているからである。

この物語を通じて初めて、死者を呼びもどすことは魔法でもできないということを知った者は多い——子供のころは、死んだネズミや猫も、両親が杖のひと振りで眠りから覚ましてくれるものと信じきっていたので、この事実には大変失望しショックを受けたものであった。

ビードルが物語を書いてから約六百年をへたが、愛する者が存在し続けているかのように錯覚させる方法は数多く考え出されはしたものの、一度死んだ者の肉体と魂を再び結びつける方法を、魔法界はいまだ見出してはいない。著名なる魔法界の哲学者、バートランド・デ・ポンセ-プロフォンデス（沈思黙考のバートランド）の有名な著書、『自然死についての形而上ならびに形而下の影響をくつがえす可能性の研究——特に物質と精神との再結合に関して』に曰く、

「いいかげんあきらめろ。そんなことは無理」

ところで「バビティうさちゃん」の物語は、文学に「動物もどき」が登場する最も初期の作品のひとつである。洗濯女のバビティが、意のままに動物に変身できる、稀なる魔法力を持っておったからである。

「動物もどき」は、ごく一部の魔法使いにかぎられている。完全に、しかも自在に動物に変身するには相当の学問と修養を必要とし、多くの魔法使いたちは、

もっとましなことに時間を費やすほうがよいと考える。もちろん、変装したり身を隠したりする必要に迫られないかぎり、そのような能力を使う場面はかぎられている。つまり、このような魔法が最も役立つのは、隠密行動、潜伏活動、また は犯罪を行うときだからである。それだからこそ魔法省は、「動物もどき」の登録を義務づけた。

うさぎに変身できる洗濯女がはたして実在したかどうかは疑いの余地があるが、魔法史家の中には、バビティのモデルは一四二二年にパリで魔女判決を受けたフランスの魔女、リセット・ド・ラパン（うさぎのリセット）だとする説がある。この魔女の逃亡を助けようとしたマグルの看守たちは、処刑の前夜、リセットが独房から姿を消しているのに驚いた。リセットが「動物もどき」かどうか、さらに独房の窓の鉄格子を首尾よくくぐり抜けたかどうかの証拠はないが、後日、英仏海峡を大鍋に帆をかけて渡る大きな白うさぎが目撃されており、その後似たよ

うなうさぎが、ヘンリー六世の宮廷における相談役として厚い信頼を受けていたと言う(3)。

「ビードルの物語」に登場する王は、魔法への憧れと、同時に畏れを抱いた愚かなマグルである。呪文を唱えたり杖を振ったりすることを学ぶだけで魔法使いになれると信じており(4)、魔法ならびに魔法使いの本質が何かについてはまったく無知であった。そのため、ペテン師やバビティが途方もないことを言っても、すべてを鵜呑みにしたのだ。これはまちがいなく、ある種のマグルに典型的に見られる考え方で、無知ゆえに、魔法というだけでどんなに不可能そうなことでも受け入れてしまう。

たとえば、バビティは木になってさえも考えたりしゃべったりできるという設定も受け入れる（しかしここで注意すべきなのは、ビードルが、しゃべる木を登

場させることでマグルの王の無知ぶりを示す一方、バビティがうさぎになっても話せると、読者にそう信じ込ませようとしている点である。これは詩的なたとえなのかもしれないが、私はむしろ、ビードルが「動物もどき」に関しては話に聞いただけで、実際に出会ったことはなかったのではないかと考える。と言うのも、この物語の中で、魔法の法則から逸脱しているのはこの点だけだからである。

「動物もどき」は、動物の形態を取る間、人間の言語能力を保持できない。しかし、人間としての考えや論理能力はそのままである。これが、「動物もどき」と動物への変身との根本的なちがいであるということは、学齢の子供ならみな知っている。変身の場合は完全に動物になってしまうので、魔法など知らず、自分が魔法使いであったことも認識していない。元の姿に戻るためには、誰かに術を解いてもらわなければならない）。

物語のヒロインを木に変身させ、「わき腹に斧を打ちこまれるような痛みを感

じさせてやる」と王様を脅す筋書きから見て、ビードルは、本物の魔法の伝統と慣習に触発されてこの物語を書いた可能性があると考える。杖にふさわしい材質の樹木は、いつの時代においても、木の世話をする杖作りたちによって強力に保護されてきた。そういう樹木を切り倒して盗もうとする者は、通常その木に棲むボウトラックル〔5〕の恨みを買うばかりでなく、樹木の持ち主によって木の周りに施された防護用のさまざまな呪いを浴びることになる。ビードルの時代には、「磔の呪文」〔6〕はまだ魔法省によって非合法化されていなかったため、バビティが王様に投げつけた脅し文句どおりの痛みを引き起こすことになったのかもしれない。

（1）〔JKR〕魔法界の写真や肖像画の人物は動くし、（肖像画の場合は）話す。ごく稀だが、「みぞの鏡」のように、愛する故人の静止したイメージ以上のものを表すことができ

る品もある。ゴーストとは、何らかの理由でこの地上にとどまることを願った魔法使いや魔女が、動いたり話したり考えたりする透明な姿のこと。

（2）［JKR］ホグワーツ校長のマクゴナガル教授は、以下の点を明確にしてほしいと私に頼んだ。自分が「動物もどき」になったのは、変身術の分野における幅広い研究の結果であり、例外的な場合を除いては、「トラ猫」に変身する能力をあやしげな目的のために使ったことはない。例外とは、「不死鳥の騎士団」のための正当な仕事であり、それには機密性や潜伏活動が必須であった。

（3）このマグルの王が精神不安定であった、という評判は、そのせいかもしれない。

（4）古くは、一六七二年に行われた魔法省神秘部の広範な調査によれば、魔法使いや魔女は生まれつきのものであり、創り上げられるものではない。時に、明らかに非魔法族の

血筋でも（もっともその後のいくつかの調査の結果、家系図のどこかに魔女や魔法使いが存在したことをうかがわせるものがあったが）、魔法の能力を持つ「変わり種」が出現するが、マグルは魔法が使えない。せいぜい——または最悪の場合——マグルが魔法を経験するのは、魔法の力を伝える道具であるはずの本物の魔法の杖にまだ魔法力が残っていて、それが変な拍子に暴発し、予測不能、調節不能の効果をもたらすときのみである——「三人兄弟の物語」に寄せた杖に関する記述も参照のこと。

（5）木に棲む興味深いこの小さな生き物についてのくわしい説明は、『幻の動物とその生息地』を参照のこと。

（6）「磔の呪文」「服従の呪文」「アバダ ケダブラ」の三つの呪いが、初めて「許されざる呪文」として分類されたのは一七一七年のことで、それらの使用には厳しい罰則が設けられた。

5
三人兄弟の物語
The Tale of the Three Brothers

昔むかし、三人の兄弟がさびしい曲がりくねった道を、夕暮れ時に旅していました。

　やがて兄弟は、歩いては渡れないほど深く、泳いで渡るには危険すぎる川に着きました。でも三人は魔法を学んでいたので、杖をひと振りしただけでその危なげな川に橋をかけました。

　半分ほど渡ったところで三人は、フードをかぶった何者かが行く手をふさいでいるのに気がつきました。

　そして、『死』が三人に語りかけました。三人の新しい獲物にまんまとしてやられてしまったので、『死』は怒っていました。と言うのも、旅人はたいてい、その川

でおぼれ死んでいたからです。でも『死』は狡猾でした。三人の兄弟が魔法を使ったことをほめるふりをしました。そして、『死』をまぬかれるほど賢い三人に、それぞれほうびをあげると言いました。

一番上の兄は戦闘好きでしたから、決闘すれば必ず持ち主が勝つという、『死』を克服した魔法使いにふさわしい杖を要求したのです！　そこで『死』は、川岸のニワトコの木まで歩いていき、下がっていた枝から一本

119

の杖を作り、それを一番上の兄に与えました。

二番目の兄は、傲慢な男でしたから、『死』をもっとはずかしめてやりたいと思いました。そこで、人々を『死』から呼びもどす力を要求しました。すると『死』は、川岸から一個の石を拾って二番目の兄に与え、こう言いました。

「この石は、死者を呼びもどす力を持つであろう」

さて次に、『死』は一番下の弟に何がほしいかとたずねました。三番目の弟は、兄弟の中で一番謙虚で、しかも一番賢い人でした。そしてその弟は、『死』に跡をつけられずに、その場から先に進むことができるようなものがほしいと言いました。

そこで『死』はしぶしぶ、自分の持ち物の『透明マント』を与えました。

それから『死』は、道をあけて三人の兄弟が旅を続けられるようにしました。

三人は今しがたの冒険の不思議さを話し合い、『死』の贈り物に感嘆しながら旅を続けました。

やがて三人は別れて、それぞれの目的地に向かいました。

一番上の兄は、一週間ほど旅をして、遠い村に着き、争っていた魔法使いを探し出しました。『ニワトコの杖』が武器ですから、当然、そのあとに起こった決闘に勝たないわけはありません。死んで床に倒れている敵を置き去りにして、一番上の兄は旅籠に行き、そこで『死』そのものから奪った強力な杖について大声で話し、自分

は無敵になったと自慢しました。

　その晩のことです。ひとりの魔法使いが、ワインに酔いつぶれて眠っている一番上の兄に忍び寄りました。その盗人は杖を奪い、ついでに一番上の兄ののどをかき切りました。

　そうして『死』は、一番上の兄を自分のものにしました。

　一方、二番目の兄は、ひとり暮らしをしていた自分の家にもどりました。そこですぐに死人を呼びもどす力のある石を取り出し、手の中で三度回しました。驚いたことに、そしてうれしいことに、若くして死んだ、その昔結婚を夢見た女性の姿が現れました。

　しかし、彼女は無口で冷たく、二番目の兄とはベールで仕切られているかのようでした。この世にもどってきたものの、その女性は完全にはこの世にはなじめずに苦し

そして『死』は、二番目の兄を自分のものにしました。
みました。二番目の兄は、望みのない思慕で気も狂わんばかりになり、彼女と本当に一緒になるために、とうとう自らの命を絶ちました。

しかし三番目の弟は、『死』が何年探しても、けっして見つけることができませんでした。三番目の弟は、とても高齢になった時に、ついに『透明マント』を脱ぎ、息子にそれを与えました。

そして三番目の弟は、『死』を古い友人として迎え、喜

んで『死(し)』とともに行(い)き、同(おな)じ仲間(なかま)として、一緒(いっしょ)にこの世(よ)を去(さ)ったのでした。

「三人兄弟の物語」に寄せて

アルバス・ダンブルドア

この物語には、幼かりしころ非常な感銘を受けた。最初に母親から語り聞かされて以来、私は、寝る前に何よりもこの話が聞きたいとせがむようになった。そのことで、弟のアバーフォースとよくいさかいになったものだ。弟のお気に入りは「汚れたヤギのブツブツ君」の物語であった。

「三人兄弟の物語」の教訓は、まちがうべくもない。死を回避せんとしたり克服せんとする人間の努力は、結局は失望に帰すということである。三人は一度はうらくも「死」の手を逃れはしたものの、それとてせいぜい、次に死に出会う機会

をできるだけ先延ばしにすることでしかないということを、三人兄弟の中で唯一、末の弟（「一番謙虚で、しかも一番賢い」弟）だけが理解しておった。すなわち、一番上の兄のように暴力を振るったり、二番目の兄のように死者と交霊する薄暗い技を弄して「死」を嘲るのは、手練手管の敵に勝ち目のない戦いを挑むようなものだということを、末の弟は知っておったのである。

　この物語には、中身にまつわる奇妙な伝説が生まれたが、皮肉にもその伝説はもともとの物語の教訓とは矛盾する内容であった。つまり、死が兄弟に与えた贈り物――無敵の杖、死者を呼びもどす石、永久に長持ちする透明マント――が、実在する本物の品であるという伝説である。さらにその伝説によれば、三つの品全部の正当なる所有者となった者は、「死を制する者」、つまり不敗で不死身の者にさえなれると言う。

この伝説が語る「人の性」を思うとき、われわれはやや自嘲的にほほ笑むかもしれない。親切に解釈するならば、「希望は永遠に人間の胸に湧く」と言えよう。三つの品物のうちの二つは、非常に危険な品であるという事実をビードルが物語っているにもかかわらず、さらに死は最後には誰にでも訪れるものだという紛れもない教訓にもかかわらず、ほんのひと握りではあるが、魔法界の一部には、インクで書かれた文字とは裏腹のメッセージをビードルが暗号化して送っていると信じ、それを解読できるのは自分たちだけだと思い込んでいる者がいる。

この者たちの理論（むしろ、「必死の望み」と表現するほうが正しいかもしれぬ）には、それを裏づける正確な証拠はほとんどない。真の「透明マント」は、非常にめずらしい品ではあるが、魔法界にいくつか実在する。ただし、この物語が明らかにしているように、「死のマント」なる品は、類なき耐久性を持つ。しかし、ビードルの時代から今日までの何世紀もの間、「死のマント」を発見したと主張する者はいなかった。この事実に対しては説明がつくと、真の信奉者たち

は言う。つまり、末の弟の子孫が、そのマントの由緒来歴を知らなかったか、または知っているからこそそれを吹聴しない、という先祖の英知を固く守っているのだと。

当然ながら、「石」も発見されてはいない。「バビティうさちゃんとペチャクチャ切り株」の解説にも示したように、われわれは依然として死者をよみがえらせることはできないし、これからもできないであろうと考えるに足る理由は充分にある。たしかに、闇の魔法使いたちが、よみがえりのいやしい代用品をいろいろと試み、「亡者」を創り出した。しかし、操り人形の亡者は、真によみがえった人間ではない。さらに、「ビードルの物語」でも、二番目の兄の死んだ恋人は真に死からよみがえったわけではないことを明確にしている。恋人は、二番目の兄を「死」の腕に誘い込むために、「死」によって送り込まれたのであり、だからこそ冷たく、よそよそしく、存在と非存在の間で二番目の兄を焦らすのである。

残る「杖」に関しては、ビードルの物語の隠されたメッセージを頑迷に信じる者たちの、そのありそうもない主張の拠り所が、少なくとも歴史上に存在する。事実、どの時代にも——自らの栄光のためか、あるいは仮想の攻撃者たちを脅かすためか、はたまた心底そう信じていたためかは知らぬが——通常の杖より強力な杖、あるいは「不敗」の杖を所持していると主張する魔法使いは存在した。その中でも極端な者は、自分の杖が、「死」の使った木とされる「ニワトコ」材でできているとまで主張した。そうした杖は、「宿命の杖」「死の杖」など、さまざまな名前で呼ばれた。

魔法の道具として、そして武器として最も重要なものが杖である以上、杖にまつわる多くの迷信があるのは当然のことである。ある種の杖同士は（すなわちその持ち主同士も）相性が悪いとされる。

柊の杖の女が　樫の杖の男と

結婚するのは　おろ樫い

杖を、その持ち主の性格になぞらえることもある。

ナナカマドは陰口屋
クリはのらくら者
トネリコは頑固者
ハシバミは愚痴り屋

何の根拠もないことわざの類に、案の定、ニワトコが登場する。

ニワトコの杖、永久に不幸

「ビードルの物語」に、「死」がニワトコの木で架空の杖を作るという話があるせいか、または、権力欲の強いあるいは凶暴な魔法使いたちが、自らの杖がニワトコでできていると執拗に主張してきたせいか、杖作りの間では、ニワトコ材を嫌う傾向がある。

歴史上初めて登場するニワトコ材の杖は、「悪人エメリック」と称される魔法使いが所有していた、きわめて強力で危険な力を持つ杖である。中世の初期、英国南部に脅威をもたらしたこの桁外れの乱暴者エメリックは、エグバートと呼ばれる魔法使いと激烈な決闘を繰り返していたが、最後の戦いに敗れ、若くして命を落としてしまう。エグバートのその後については知られていないが、中世の決闘者たちは概して短命であった。魔法省が後世、闇の魔術の使用を規制するようになるまで、決闘と言えば即、死を意味するものだったからである。

それから一世紀をへて、ゴデロットという名の、これもまた好ましからざる人物が、危険な呪文を集めた書を著し、闇の魔術の学問を進歩させた。ゴデロット

のメモに、ある杖の助けを得てこの書を執筆したとの記述がある。「接骨木(6)の胴体を持ち、最も邪にして切れ者である余の友は、最も邪悪なる魔法の道を心得ている」(『最も邪悪なる魔法』はゴデロットの代表作の題となった)。

このように、ゴデロットは自らの杖のことを、協力者であり、それ以上に指南役であると考えていた。杖の技に通暁する者の間では、杖は、まちがいなくそれを使う者の知識を吸収する、という見方で一致している。しかしながら、どのように吸収するかについては、予測が不可能であり、かつ不完全である。杖が、ある特定の個人に使われる際にいかなる能力を発揮するかについては、その杖と使用者との関係など、あらゆる追加的な要素を考慮しなければならない。とは言え、多くの闇の魔法使いの手をへた杖を想定するならば、その杖は、少なくとも、最も危険な魔術となじむ傾向があると言うことができよう。

大方の魔法使いや魔女が、中古の杖よりも初めて自分を選んでくれた新しい杖のほうを好むのは、まさにこうした理由からだ。中古の杖は、以前の所有者のく

せを学んでいる可能性があり、その所有者と新しい持ち主との間で魔法の相性が悪い可能性がある。杖の持ち主が亡くなると、遺体とともに杖を葬る（または茶毘に付す）習慣には、特定の杖があまりに数多くの持ち主から学習することを防ぐ意味がある。しかし、「ニワトコの杖」の信奉者たちは、この杖が——新しい持ち主が前の所有者を屈服させ、もしくは殺したという経緯から——常に新しい持ち主に忠誠心を移してきた杖であり、葬られもせず、茶毘にも付されずに生き延び、通常の杖をはるかに超える英知や力をたくわえてきたと考えている。

ゴデロットは、異常と言える息子の手で自宅の地下室に閉じ込められ、そこで非業の死をとげたとされている。ゆえに父親の杖は、息子のヘレワードに奪われたと推測せざるを得ない。そうでなければ、父親は脱出できたはずである。しかし、その後ヘレワードが杖をどうしたかは定かではない。わかっているのは、バーナバス・デベリルが「庭床の杖」と呼んでいた杖が、十八世紀初頭に現れた

ということだけである。デベリルはこの杖を使って、自分が恐ろしい魔法戦士であるという評判を打ち立てたが、その恐怖統治は、同じく悪名高いロクシアスによって終止符を打たれた。ロクシアスは、奪った杖を「死の杖」と改名し、気に入らぬ者をすべてその杖で葬り去った。実の母親をふくめて多くの者が、ロクシアスを殺したと主張しているがゆえに、ロクシアスの杖の、その後の足跡をたどるのは難しい。

「ニワトコの杖」の歴史と称される分野の学徒たる魔法界の知識人は、おしなべて杖の持ち主の魔法使いがみな、その杖を「不敗の杖」であると主張していることに気づく。しかし、多くの持ち主の手に渡ったという事実は、その杖が何百回となく敗北したことを示すばかりでなく、「汚れたヤギのブツブツ君」がハエを引き寄せるのと同じように、厄介事をも引き寄せてきたことを明らかにしている。

結局のところ、「ニワトコの杖」の探求とは、私が長い人生でいく度となく述べ

てきた見解を裏づけるものにすぎない。すなわち、人間は、自らにとって最悪のものをほしがるくせがある。

とは言え、「死」からの贈り物を選べと言われたなら、末の弟の英知を示すことができる者がおるであろうか？　魔法使いもマグルも、等しく権力への欲望が染みついている。されば、「宿命の杖」の魅力に抗することのできる者が何人いるであろうか？　愛する人を失った者は、人間であれば誰が「蘇りの石」の誘惑に抗することができるであろうか？　この私、アルバス・ダンブルドアでさえ、「透明マント」を断るほうが容易いと思うであろう。

すなわちそれは、私のような賢者でも、ほかの者と同じく愚者にすぎぬということをはっきりと示しているのである。

（1）［JKR］黒魔術と呼ばれる、死者を呼び覚ます闇の魔術のこと。この物語からも明らかなように、この分野の魔法は、一度として有効だったことはない。

（2）［JKR］この引用により、アルバス・ダンブルドアが、魔法界の書物を広く読んでいるばかりでなく、マグルの詩人、アレクサンダー・ポープの『人間論』などの書にも通暁していることがわかる。

（3）［JKR］「透明マント」と呼ばれるものは、一般的に完全無欠ではない。破れることもあり、古くなれば半透明になったり、透明にする呪文の効果が弱まったり、「現れ呪文」で解除されたりすることもある。だからこそ、隠れたり姿を隠したりするために多くの魔法使いたちが最初に使うのは、「目くらまし呪文」なのだ。アルバス・ダンブルドアは、「目くらまし呪文」の達人であり、マントなしで完全に姿を隠すことができた。

（4）［ＪＫＲ］「亡者」とは闇の魔術によって動かされる屍のこと。

（5）多くの評論家は、ビードルが「賢者の石」、つまり不老不死の霊薬である「命の水」の元となる石に触発されて、「蘇りの石」を創作したと考えている。

（6）ニワトコの別称の一つ。

（7）私もその一人だが。

（8）ニワトコの別称の一つ。

（9）「ニワトコの杖」を所持していると主張した魔女はいない。その意味するところは、読者の解釈にお任せする。

ルーモスCEO、ジョルジェット・ムルヘアからのメッセージ

Lumos（名詞：ルーモス）
1 光をもたらす魔法、「杖灯り(つえあかり)」の呪文としても知られている（出典：「ハリー・ポッター」シリーズ）
2 施設で暮らす子どもをなくそうと取り組んでいる非営利組織

すべては一枚の写真から始まりました。ひとりの幼い少年——孤立し、世界から切り離され、家族から引き離されて、施設に収容されている——のモノクロ写真を見て、J・K・ローリングは目をそらすことができなくなりま

した。

では、そんな少年が八百万人いるとしたら。

それが、こうした居住施設——要するに孤児院で幼い時期を過ごす世界中の子どもの人数です。ただし、この子たちは孤児ではなく、家族に愛され、求められています。けれど、家が貧しかったり、障害を抱えていたり、支援が受けられない環境にある少数民族の出身だったりするのです。

ルーモスの取り組みで私たちが発見し、実行したことは革命的です。孤児院を閉鎖し、子どもたちの本来の居場所である家庭にもどし、地域に根ざした解決策に資金を費やすほうが、低コストでより大きな成果が得られるのです。

この取り組みに至った理由

何十年にもわたって、弱い立場にある子どもと家族の向かう先は孤児院というのが、

決まりきった流れになっていました。たいていの場合、切羽詰まった親には、孤児院という選択肢しかなかったのです。その結果は深刻で、子どもたちの人生の可能性が大きく左右されるのです。

調査の結果、こうした子どもたちは人身売買されたり、様々な形で虐待やネグレクトを受けたりする危険性が高いことがわかっています。さらに、大人になってからは、外の世界になじむのに苦労します。

真の変化に通じる道を照らすこと

世界を豊かにするためには、子どもたちは生き延びさえすれば良いのではなく、成長させてあげなければなりません。ルーモスは、子どもたちが必要とする**情緒的な支え**という大切な要素に重きを置いています。子どもには、両親がひとりひとりに注ぐ愛情と関心が必要なのです。

幼児の脳の初期段階の発達の研究によると、両親が一貫して与える刺激、反応、個人的な愛情——それに伴って形成される親子の絆——が脳の成長と発達を促すことが示されています。つまり、すべての成功や幸福を育む基盤となるのは、親子の絆なのです。

孤児院は善意によって設立されたものであっても、スタッフがどんなに努力しても、家族と同じものにはなりえません。大勢の子どもたちの世話をするにはスタッフの数が少なすぎて、子どもたちは何時間も刺激を受けずに——人と接するということさえなく、ひとりで過ごしています。

幸いなことに、これはちゃんとした解決策のある問題なのです。多くの国々が、孤児院で子どもの世話をするのではなく、地域ぐるみで子どもを家庭で育てられるよう、様々な支援を行いはじめています。

世界的な組織

私たちの取り組みは、欧州地域の転換を促しました。欧州連合や大口の資金援助者たちは、孤児院が解決にならないことを今では理解し、地域に根ざした支援に資金を充てています。

子どもたちを本来の居場所である家族のもとに置くべきかどうかはもはや問題ではなく、いつ、どうやるか、ということが問題になっています。

けれど、脆弱な子どもの要求を表面的にはみたすものとして、孤児院を利用している国がまだまだたくさんあります。ルーモスはこの流れを変えようとする世界的な試みを促進しています。ルーモスのやり方がいかに効果的かを証明するプログラムを実行し、子どもたちを孤児院ではなく家族のもとで支援するよう、世界の意志決定者たちに働きかけることで、欧州にもたらされた変化がその他の国々にも浸透していくことでしょう。

世界的な運動

現状を変えるには、時間がかかり、政治的・社会的意思、さらに孤児院の概念と現実との相違に問題提起をする協同作業が必要です。

- 孤児院に入れられているのは、孤児ばかりではない——愛する家族があり、支援が必要なだけだという子どもたちが大勢いる。
- 多くの孤児院は、逆境にある子どもたちにとって、必要とする場所でもなければ無難な場所でもない。
- 孤児院は子どもたちに最善の結果をもたらしてはくれない。
- 孤児院は最も費用効果の高い解決策とは言えない。

ユニークで特別なこの本を買うことで、二〇五〇年までに施設で暮らす子どもを世界からなくすというルーモスの目標を支援することになり、共に力を合わせれば、孤児院を歴史書に書かれた過去のものにすることができます。

共に力を合わせれば、子どもと家族が、自分たちの家と地域で暮らしながら支援を受けられるよう、世界の取り組みを変えることができます。

共に力を合わせれば、暗闇を切り開くひと筋の光を灯すことができます。

共に力を合わせれば、私たちはルーモスなのです。

訳者紹介

松岡 佑子(まつおか・ゆうこ)
翻訳家。国際基督教大学卒、モントレー国際大学院大学国際政治学修士。日本ペンクラブ会員。スイス在住。訳書に「ハリー・ポッター」シリーズ全7巻のほか、「少年冒険家トム」シリーズ全3巻、『ブーツをはいたキティのおはなし』、『ハリー・ポッターと呪いの子 第一部・第二部』(以上静山社)がある。

　本書『吟遊詩人ビードルの物語』は、静山社ペガサス文庫版(初版2015年)、新装版として刊行されたものです。

ホグワーツ・ライブラリー3
吟遊詩人ビードルの物語〈新装版〉

2017年4月13日　第1刷発行

著者　J.K.ローリング
訳者　松岡佑子

発行者　松浦一浩
発行所　株式会社静山社
〒102-0073　東京都千代田区九段北1-15-15
電話・営業　03-5210-7221
http://www.sayzansha.com

日本語版デザイン・組版　アジュール
印刷・製本　凸版印刷株式会社

本書の無断複写複製は著作権法により例外を除き禁じられています。
また、私的使用以外のいかなる電子的複写複製も認められておりません。
落丁・乱丁の場合はお取り替えいたします。
Japanese Text ©Yuko Matsuoka 2017
Published by Say-zan-sha Publications, Ltd.
ISBN978-4-86389-381-8　Printed in Japan